PÉTITION

ADRESSÉE

A LA CHAMBRE DES PAIRS;

PAR

M. Maurel (J.-J.),

Ancien Vérificateur des Plans du Cadastre.

La seule base solide d'un État,
c'est la morale.

MONTPELLIER,

Chez Auguste RICARD, seul Imprimeur de la Préfecture
et de la Mairie, Place d'Encivade, n° 3.

FÉVRIER 1831.

Messieurs les Pairs (a),

Le 3 Août 1830 , jour le plus mémorable des fastes de l'histoire , jour où la France en masse , répudiant des Rois impuissans (*b*) et parjures (*c*) , reprit son rang parmi les Peuples de l'Europe, j'eus l'honneur d'adresser une pétition à la Chambre des Députés.

L'objet de cette pétition n'étant point sans influence sur les destinées de tous les Peuples, l'opinion d'une Chambre , où toutes les gloires sont réunies, doit être d'un poids immense sur les questions qu'elle soulève (*d*).

« Le clergé , les couvens et tous les établissemens » publics veulent amasser des propriétés et s'ac- » croître en nombre ; sans discuter combien cette » ambition peut nuire à la croissance et à la pros- » périté des Peuples , n'a-t-on pas à craindre des » manœuvres répréhensibles (*e*) ? Ces craintes n'ap- » partiennent-elles point au malaise qui pèse sur la » France , depuis quinze années (*f*) ? Enfin , ne » serait-il pas d'une haute sagesse , 1° d'abolir les » couvens (*g*) , 2° de mettre tous les établissemens » publics à la charge du trésor (*h*) , 3° de pré-

» venir toutes donations faites à d'autres qu'à ses
» proches (1) ? »

Telles sont les questions souvent agitées, souvent discutées et jamais assez éclairées pour en prévenir le retour, que j'eus l'honneur de porter à la Chambre des Députés : veuillez, Messieurs les Pairs, me permettre de les soumettre à vos méditations.

J'ai l'honneur d'être, avec un profond respect,

MESSIEURS LES PAIRS,

Votre très-humble et très-obéissant serviteur,

MAUREL.

(*a*) Honoré d'une destitution sous le pitoyable Gouvernement dont les Parisiens firent une si éclatante justice aux mémorables journées de Juillet 1850 , mon bon droit me valut toute la haine de la congrégation ; mais depuis ces journées , cette haine dégénérant en fureur , je dois à la prudence quelques développemens à la pétition que voici.

Une association dont le but serait la religion , la politique, les sciences , les arts ou les plaisirs , sous un Gouvernement fidèle observateur des lois , n'aurait sans doute rien de dangereux ; mais si elle fait effort pour amasser des biens, toutes les Nations doivent justement s'en effrayer. La congrégation jésuitique , en haine même à ses propres membres, semble présenter ce caractère destructeur ; elle veut un clergé nombreux , des couvens , des écoles gratuites , des hôpitaux , des dépôts , et des fabriques pour l'indigence , d'où la nécessité de se saisir de la propriété et le besoin de réduire la population.

Cette trop fameuse société , en opposition à toutes les lois divines et humaines , et qu'une débile ambition , la soif des places , colore et soutient , perdit sa tête aux journées de Juillet 1850 : mais son corps , comme celui du rusé serpent , s'agite encore avec violence. Ma pétition a pour but de modifier , de rendre sans objet , ou plutôt de détruire cette épouvantable association.

Si la discorde pouvait jamais impunément ronger le sein des familles , la liberté ne serait qu'un mot , et notre excellent Roi perdrait à la vénération des Peuples.

(*b*) En 89 , les Français gémissant sous la main de fer que conduisait la congrégation , le parti prêtre , se lèvent en masse , dispersent , chassent et bannissent leurs Rois impuissans.

En 1814 , les Français , comme les autres Peuples du monde , las d'une guerre longue et meurtrière , se dépouillent d'une gloire immense , quittent leur bienfaiteur , celui

qui calma toutes les factions, et rendent la couronne à
leurs anciens Rois qui se présentent aux portes de la capi-
tale, et qui devaient avoir appris à l'école d'exil; mais
une année s'écoule à peine, que l'impuissance de ces Rois
se manifeste de nouveau, et comme avant et comme après,
ils se placent sous la tutelle du parti prêtre, de la fac-
tion jésuitique, qui ne rêve qu'indépendance, domination,
pouvoir, et dont l'ambition et les projets insensés ne laissent pas que d'effrayer la terre.

Subjugués et dépopularisés par le parti prêtre, en 1815,
la famille royale, les Bourbons, prennent la fuite et aban-
donnent le sceptre devant un seul homme qui traverse la
France avec la rapidité du vol de l'aigle, et au milieu
d'une population ivre de joie, qui, de toutes parts, accourt
sur son passage. Mais cet homme, ce génie colossal, ce
monument de gloire, malheureusement abusé sur les besoins des Français, manque à ses promesses, et la famille
des Bourbons, qui reparaît sous les murs de Paris, *traînée
à la queue des bagages d'une armée étrangère*, nous est imposée une troisième fois comme Souverains : humiliation
la plus outrageante pour celui qui porte un cœur français.

Cependant, cette famille, fidèle à son système débile
et destructeur, se met encore sous le fragile, sous le mince
bouclier du clergé : il ne fallut qu'une journée de Juillet
1830 et quelques Parisiens pour l'arracher du trône et la
renvoyer à jamais à sa terre d'exil.

Les générations futures auront peine à comprendre qu'après
tant de revers, qu'après tant d'expériences, un Prince n'ait
point compris que c'était avec la Nation qu'il fallait régner,
et non avec un parti dont la force morale est aussi nulle
que la force physique; avec le prêtre, que le père eut fait
menuisier, s'il l'eut connu plus vaillant, plus intelligent;
avec le prêtre, élevé et nourri à l'école de l'ignorance,
souvent au moyen d'aumônes, et qui, frappé de ces désa-
vantages, porte dans le monde, avec une instruction non
moins que négligée, des sentimens vils, des projets insensés
et une ambition ridicule. Le prêtre sort de la classe la
plus obscure du peuple, et connaît toute sa faiblesse; il

cipes routiniers dans leur abdication en faveur d'un petit-fils, si cette abdication devait être pure et simple.

En France, la Charte était un contrat qui liait le Peuple et le Roi : que ce contrat fût synallagmatique ou simple promesse imposée et jurée par le Roi lors de son avènement au trône, les conditions en étaient sacrées ; cependant, tout à coup, lorsqu'un grand Peuple remplit scrupuleusement toutes ses obligations, le Roi qui reçoit du trésor public 35 millions de francs, et qui jouit en outre de toutes les prérogatives possibles, se montre mécontent, rompt les engagemens les plus solennels, les plus saints, et tire l'épée contre le Peuple, qui se trouve dans la pénible nécessité de déposer et remplacer ce Roi, au risque d'une guerre civile qui peut amener l'étranger dans ses foyers et compromettre toute son existence.

(*d*) L'ordre social est réglé par des lois civiles qui punissent, et par des lois religieuses qui préviennent les crimes ; le dépôt des premières est confié à des magistrats, à des hommes intègres ; le dépôt des secondes à des prêtres, à des hommes sages. Le magistrat, avec une femme et des enfans, obéit aux lois ; le prêtre, célibataire, avec des besoins déterminés, marche vers l'indépendance, et doit être plus spécialement surveillé.

L'âge d'or, le siècle idéal, serait celui où tous les Peuples seraient soumis aux mêmes lois ; mais chaque Peuple veut la suprématie, et les lois changent selon les pays, selon les temps. Cependant si, dans la loi civile, qui émane d'une majorité vacillante, le crime peut être vertu, dans la loi religieuse, qui émane d'une volonté supposée fixe, le crime est toujours crime. Les lois civiles se montrent toutes nues et sont toujours un joug pesant et incommode ; les lois religieuses, au contraire, apparaissent sous un merveilleux qui plaît au cœur ; ce sont des chaînes de fleurs diversement variées, mais qui conduisent toujours à la vertu. La loi du catholicisme avec ses nombreuses et brillantes cérémonies paraît la plus séduisante, et peut-être conviendrait-elle à tous les Peuples sans la confession, qui, loin de calmer les passions et corriger les mœurs, n'est jamais qu'une loi d'espionnage, de délation et d'impôt la plus odieuse, surtout lorsqu'elle attaque celui que les souffrances font perdre souvenir des choses de ce monde.

Si l'union fait la force, les mêmes lois devraient au moins régir un même Peuple; cependant il est encore des lois usagères qui font plusieurs Peuples dans un. Vienne bientôt le temps où le prêtre catholique comme le magistrat, comme le prêtre des autres communions, reçoive un traitement suffisant du trésor public, et ne soit plus un malheureux mercenaire à la porte de l'indigence! où la religion, la justice préventive ne soit plus métier et marchandise! où le prêtre enfin, traité comme les autres employés, ne jouisse plus d'une considération empruntée! la vertu, l'État y gagneront.

(e) Tous les hommes sont nés pour l'indépendance; mais les prêtres catholiques, qui ont leurs écoles séparées, qui affectent des coutumes différentes, qui forment enfin une classe bien distincte dans chaque Peuple, font le plus d'efforts pour rompre les liens sociaux et parvenir au but proposé.

Tous les co-religionnaires appartiennent, sans exception, à la même association; cependant favorisés par la haine, la discorde, la vanité, et, mieux que tout cela, par la confession, qui dévoile les plus menus secrets des familles, les prêtres substituent à la primitive association autant d'autres que de sacremens, que de pratiques, que de saints, sans compter les associations profanes où se placèrent tous ceux qui refusèrent de se ranger sous les bannières directes de l'église.

Toutes les associations agissent de concert ou séparément les unes contre les autres, et ne servent que trop bien tous les projets des prêtres: de ces hideux brandons que la cupidité, la vengeance et le prêtre peuvent seuls agiter, tombent la ferveur, la piété, le fanatisme ou plutôt la vanité de l'entêtement.

Si le prêtre voulait abuser de son ascendant sur les

associations, il pourrait facilement dompter l'homme, s'emparer de la propriété, arriver à l'indépendance et monter au pouvoir : avec quelques préparations chimiques, le secret, de la persévérance et le système de représailles, rien d'aussi aisé que d'hébéter, rendre niais, fou, et d'affecter d'une maladie cérébrale l'homme qui vous est contraire, presser la mort de celui qui peut faire un don, passionner, contrarier les amours des jeunes personnes et les envoyer grossir d'une dot la fortune d'un couvent, ou bien les vouer au célibat pour servir aux usages ordinaires de l'église. Que les lois ne laissent plus rien au hasard et que les fonctions des prêtres soient clairement décrites. L'ambition enfante, excuse tous les crimes.

A Reims une mission, une brigade ambulante de prêtres voulut sanctifier le crime et la débauche, et pour éterniser la mémoire de cette abominable intention, la croix, monument d'ignorance et de stupidité, fut élevée. Ce monument bizarre, qui devait dire à la postérité comme à l'étranger nos pas rétrogrades vers les temps barbares, d'un dieu puissant et glorieux, image grotesque que la hâche et le rabot façonnèrent, image qui prête à rire aux hommes de bien et que les femmes enceintes n'osent regarder, fut abattu aux belles journées de Juillet 1830 par la population indignée ; mais tout à coup quatre des citoyens qui concoururent à cette œuvre patriotique et d'un sens droit, furent subitement frappés d'une mort terrible et cruelle. Si cet horrible événement est un miracle, ainsi que le contèrent les journaux du temps, ce miracle eût trouvé moins d'incrédules avec une religion plus simple, moins intéressée, et s'il eût enfin suffi du baptême pour être de l'association de Jésus.

Plaignons le Prince qui ne connaît et ne sait trouver des serviteurs fidèles qu'à l'ombre du mystère, parmi le petit nombre d'élus dont la magie et le talent sont depuis des siècles dans une main privilégiée qu'ils portent et agitent avec plus ou moins de symétrie, avec plus ou moins de méthode, et qui tremble devant la masse de la Nation, devant le cynisme, devant les hommes qui se

servent indifféremment des deux mains selon les circons-
tances, selon les occasions, selon qu'il est plus commode.

(*f*) L'association jésuitique, le parti prêtre enfin que
nous a légué le gouvernement déchu et dont le but avoué
est d'attenter aux personnes et à la propriété, ne doit
pas laisser que d'inspirer bien des craintes; mais si cette
association trouve un appui dans les administrations, les
craintes se multiplient, et l'ordre et la morale en sont
affectés.

En 1814, les Français adoptèrent, sinon avec enthou-
siasme, au moins franchement les Bourbons, leurs anciens Rois. Mais après les cent jours du règne du plus grand
des capitaines, d'un trop malheureux Prince qui lassa la
victoire, que la fortune boudait depuis quelques années,
et dont encore la chute ébranla tous les trônes, en 1815,
à leur second retour de l'exil, la Nation ne les accepta
qu'avec répugnance. Cependant de cette répugnance le souvenir en était perdu, et la confiance n'était plus troublée
que par la crainte d'un coup d'état, d'un retour violent
à l'ancien régime, au despotisme, au chaos, lorsque les
ordonnances du 25 Juillet 1830 vinrent dire que cette
crainte n'était que trop fondée ; mais aussi elles apprirent
à la fois que Charles X, que les Bourbons avaient cessé
de régner.

Pour préparer un coup d'état et faire prévaloir des mau-
vaises doctrines, il fallut, de longue main, miner tous les
liens sociaux, épurer les administrations, et remplacer, par
des hommes faux, pervers ou ineptes, tout le bon, tout
ce qui refusait à courber devant l'ignorance, devant l'im-
moralité, devant le prêtre stupide. Ces épurations furent
le cri de détresse d'un grand naufrage, et les heureux
événemens de Juillet 1830 ne trouvèrent aucune opposition.

Aujourd'hui, si les hommes chargés des anciennes épu-
ration, voués dès long-temps à l'exécration publique, devaient administrer avec leurs anciennes victimes, il en
serait fait de l'influence de ces derniers, et un amalgame
aussi monstrueux ne saurait manquer d'être funeste. Con-

tinuer la garde d'institutions qui doivent s'améliorer , à
ceux qui naguères en préparèrent la ruine , à ceux avides
du sang de l'honnête homme , si croyance doit être aux
bandes d'incendiaires qui désolèrent les départemens ,
serait continuer le gouvernement déchu ; et le moindre
soupçon tuerait le crédit public et serait l'anéantissement
du commerce.

De nouvelles institutions veulent de nouvelles garanties ;
des hommes nouveaux , des hommes qui, par leurs pré-
cédens , ne soient point suspects , des hommes sans taches ;
et alors , mais alors seulement , le règne des lois de cir-
constance passera , et les jolis mots , les amusemens de
l'esprit n'inquiéteront pas davantage que la Dame-Blanche ,
avec toute sa délicieuse , sa charmante magie.

Proposer et donner des bonnes lois , est la théorie de
l'art de gouverner ; mais en confier la garde et l'exécution
à des hommes probes , sages et capables en est la prati-
que. Les lois sont des promesses , les hommes sont des
faits. Aimer les employés que le Roi donne est un besoin
du Peuple , et le Roi ne perd rien à cet amour. Il ne
sera jamais trop tard d'en finir avec les mots , et l'étranger
nous respectera , parce que nous honorerons la morale.

De quelle utilité sont maintenant les propagateurs des
nouvelles alarmantes , les instigateurs du trouble et du
désordre, ceux qui doivent reconnaissance de leurs charges
au parti prêtre , ennemi né de nos institutions , au parti
qui porte pour devise : périssent les Nations plutôt qu'un
principe ?

Pourquoi refuser d'obéir à la voix du Peuple , à la voix
de Dieu qui appelle à son aide toutes les victimes du
gouvernement déchu , ceux qui prirent une part active
aux immortels événemens de Juillet, les plus intéressés
à en conserver toutes les conséquences , s'il y va de leur
repos, s'il y va de leur vie ? Que les hommes mal famés
et leurs adhérens fassent place à ceux dont l'atmosphère
politique est en rapport avec celle du Peuple ; alors il
y aura sympathie, et les mots, et les institutions , et les
hommes cesseront de *heurter* ensemble.

Si l'insecte le plus malfaisant et l'être le plus parfait vivent également sur la terre , notre Roi doit être au-dessus de toutes ces distinctions , de toutes ces misères ; cependant son règne n'en sera pas moins illustre , si ses trésors ne s'ouvrent que pour le bonheur , que pour la prospérité de son Peuple.

(g) La population des couvens entre , reste et sort quand bon lui semble et de sa propre volonté ; elle est donc libre. Mais si la réunion de cette population n'était qu'un pré-texte , qu'un moyen de grouper la propriété et conduire une certaine classe d'hommes à l'indépendance , ce serait l'abus le plus étrange de la liberté : le meurtre vivant serait en honneur ; l'amoindrissement de la force numérique des Peuples et la réduction des revenus du trésor , qui font l'importance et la splendeur des empires , seraient à l'ordre du jour.

Le prêtre , chef des associations et maître de la con-fession dont on ne peut le dessaisir , occupe des posi-tions déjà trop formidables contre les libertés publiques ; le laisser de plus maître de tout le terrain , de tout le matériel , de tous les arsenaux nécessaires à la consom-mation de ses affreux projets , l'ordre social ne saurait manquer d'en être ébranlé.

(h) Les hôpitaux, les bureaux de bienfaisance, et géné-ralement tous les établissemens publics , pouvaient avoir quelque utilité sous les gouvernemens despotiques , aux temps des corvées, lorsque les vilains prenaient rang après les animaux ; mais aujourd'hui , sous le régime de la liberté , sous une république où l'ordre et la paix enchaî-nent l'ambition aux pieds du successeur du chef de la Nation déjà proclamé par la loi , enfin , sous le gouver-nement le plus vrai , ces établissemens sont immoraux : ils encouragent la paresse , assurent une retraite au fai-néant , et donnent asile à l'espionnage , à la délation ; ce sont les succursales des couvens, pour attaquer les hommes et les choses.

Cependant , si leur suppression allait sonner l'alarme parmi les mauvais fils , parmi les mauvais citoyens qui reculent devant les maux dont ils sont cause , qu'ils soient conservés ; mais que le chef de la grande famille , que le Roi fournisse aux besoins communs , aux besoins où tous peuvent prendre part.

Les dons provoqués par la confession combleront les besoins de chaque année seulement ; mais est-il sage de risquer la santé , la vie des meilleurs citoyens pour prolonger de quelques heures celle d'un malheureux indigent ; convient-il de permettre au prêtre de s'attirer l'affection des uns , par cela seul qu'il enlève les propriétés des autres. Chacun à sa place : que le prêtre se fasse estimer par des mœurs exemplaires , irréprochables ; que les douces consolations qu'il peut semer sur son passage le fassent aimer ; mais que le foyer de la lumière , que le point central, que l'élu du peuple , que le Prince , enfin , éloigne la misère et assume sur sa tête toutes les affections les plus chères.

(*i*) Comme la comète , qu'une brillante queue tend sans cesse à dévorer, le riche, dans sa course rapide , est continuellement harcelé par toutes les sangsues de son époque ; dans les jours de son plus grand éclat , il est rassasié de plaisirs somptueusement échangés ; lorsque l'âge vient , le prêtre s'en saisit et ne quitte plus sa proie qu'au lieu du repos éternel.

Combien est malheureux l'homme qui , à ses derniers momens, voudrait se réconcilier avec sa famille , avec des amis , avec son Dieu , n'aperçoit autour du lit de mort que la terreur , la torture et l'inquisition !

Cessons de tourmenter la vieillesse , et que le mourant descende doucement au tombeau , sans regret et sans inquiétude ; l'État , notre bon Prince , prendront soin des établissemens que nos mœurs rendent encore nécessaires. *Le libre exercice de tous ne saurait exister là où il y a une force supérieure à la loi*, au Roi, qui est la loi vivante de l'État.

est souple, soumis et rampant avec les uns; fier, présomp-
tueux et insolent près des autres ; mais toujours dangereux
à tous.

Si le prêtre jouit d'un peu de crédit, indubitablement
la médiocrité ambitieuse, pour faire sa cour au Roi, viendra
le caresser ; mais que le Roi veuille, et aussitôt le prêtre,
le clerc, le sonneur, le bédeau et le concierge du cime-
tière, auront une égale influence dans le monde politique.

Qu'un voile impénétrable couvre les actions des prêtres,
il sera toujours vrai que l'homme perd de sa popularité à
leur fréquentation. Les lois doivent protection à tous : mais
il est sans utilité, mais ce serait un contre-sens de donner
au prêtre une autre importance qu'au magistrat éclairé,
qu'au savant distingué, tous profonds en toutes choses,
et plus directement attachés à la paix, au repos des Peuples. Que le prêtre demeure dans le cercle de ses fonctions;
qu'il masse ses adeptes ; qu'il forme les cœurs à la vertu,
et que tout le reste de l'ordre social lui soit étranger.

Que l'impuissance des Bourbons fût réelle ou factice,
qu'elle eût son principe hors ou dans la famille, elle ne
fit jamais question, et tout dernièrement encore dans un
procès trop célèbre, nous avons entendu les Ministres les
plus dévoués, mais que le malheur rendit à la lumière,
proclamer hautement cette impuissance.

(c) Dans les Nations bien constituées, quelques hommes
veillent à la sûreté de tous ; et ici, comme dans tous les
autres travaux de la Nature, toutes les sommes doivent
être distribuées avec sagesse, avec économie.

Chaque contrée d'un état a des mandataires, et les mandataires de toutes les contrées se réunissent, à certaines
époques, pour délibérer sur les intérêts généraux, et nommer
les agens nécessaires pour l'exécution de leurs décisions,
s'ils ne décernent ce dernier pouvoir à un seul, qui prend
le titre de Roi.

Le droit divin, ceux de naissance et de conquête, sont
d'absurdes subtilités qu'inventèrent quelques sots flatteurs,
bien plus pour saper que pour consolider le trône. L'ancien
Roi CHARLES X et son Fils font même justice de ces prin-